歌集

捜してます

田村広志

角川書店

捜してます　目次

三章　二〇一三（平成二十五）年

四章　二〇一四（平成二十六）年

六章　二〇一六（平成二十八）年

七章　二〇一七（平成二十九）年

十章 二〇一九（令和元）年②

装幀　岸顯樹郎

歌集　捜してます

田村広志

一章　二〇二〇（令和二）年

捜してます

喜屋武岬《きやんみさき》の燈台光をわずかなるなぐさめに父は戦死していったか
父は犬吠埼近くに暮らしていた

捜してます昭和二十年六月二十日喜屋武岬に不明の父を

ガマに眠る遺骨はいまにも切れそうな平和の尻尾を繋ぎいるなり

遺骨であり親父でもあり掘ってるは平和の尻尾のようでもある

一日は父の遺骨を一日は辺野古へ平和を捜しながらに

視力聴力五感の感受全開にガマの暗みに遺骨の声を聴く

砂の充ちた日本兵の水筒らしき壜掘り出しシナ海の夕陽にかざす

買ったはずのとまとが家に着くとないとんだぼけなすしているもんだ

三月の喜屋武岬にシャツ一枚一枚脱ぎて砂礫を分ける

前うしろとっちらかって着てるシャツこのごろこんな事が多いな

ほっほうとふくろうは啼くホッホーとジャングルへ屈む背中を渡る

荒崎浜の小ガマ何にも掘り出せない今日は涸れかじけ凹んでいたり

坐って探す尾骶骨に何か触れてくる遺骨のここにいるよの合図か

素手となり地のささやきに聴耳欹て《ききみみた》探る遺骨よ遺品よと

*ガマフヤー具志堅さんの足手まとい今日は干されて縮むするめだ

*ガマに遺骨探しをしてくれる人、手解きを受けた

ガマにて

踏む足のかすかに怯《ひる》むうす闇のガマへと一歩　遺骨を踏みそう

ガジュマルの捩れあう幹繁り葉のそよぎ糸満ジャングル植物時間

敏感になってるんだね尖ってる伊集《いじゅ》の花の芽朝日を撥ねて

夕ぐれはゆっくりと降る糸洲の森シナ海をくるやよいの余光

膝をつきガマに二時間捜す姿勢大腿筋がおもいっきり愚痴る

閼伽水のさんぴん茶供え南無阿弥陀ガマの作業の終りは合掌

自転車の視認*に来たる警官はああ犯罪性はない骨《こつ》のようですな

*掘り出した遺骨は犯罪性の有無を視認される

ヘッドランプ切るときガマのうすい闇この世の真の昏さと思う

長歌　喜屋武岬

わが父の　戦死の場所は　いずこなる
沖縄の　喜屋武岬と　戦死広報にはありたる
戦友の加瀬兵士の　捕虜となり　生還したるに
事情を聞いた昭和四十二年　復員ののち　二十数年
軍隊生活に傷めたる体は　脳梗塞を発症し　言葉は
うまく出でざれば　苦心し　聞き出した　戦闘地は
どうやら　喜屋武岬の崖下の　荒崎浜海岸
加瀬兵士はそこに負傷し　部隊から　見捨てられ
侵攻してきたる米軍の　捕虜となり　命は助けられたり

その場所はと問えど　地名は秘密なれば　兵らには知らされぬ。
たしか大きい　崖の下の海岸　としか記憶せず。
戦死広報記載の「喜屋武岬」を頼りに　年を経て
ガマフヤー具志堅隆松さんに　遺骨探しの　手解きを
初めてガマへ案内されたは荒崎浜の　岩を楯とした
小ガマなりき　目の前は　シナ海の穏やかな波の
海岸なりき　まだ砂に濾されずにあれ　わが捜し出すまで
遺骨よ

反　歌

ゆっくりと歩くはたれより遠くへと届きたいそこが沙漠としても
みなたれも生まれた郷の深井戸を身にもちながら異郷に老いる

地の声を聴く

地の声を聴くとかがまる父の遺骨濾さず抱いている大地へ

てのひらに地を触れ撫でてそこに眠る遺骨の声を踏まぬように聴く

「帰＊らないのが最善だ」そうなのか遺骨なかなか捜しあてられぬ

＊金子光晴

石灰岩地層の細砂沙岩《ニービ》に泥灰岩《クチャ》に挑みガマフヤー具志堅氏三十五年

粘りづよく運動持続の具志堅氏＊全戦没者遺骨鑑定制度化となる

＊平成二十七年二月

地母神の手にある遺骨は風化せぬと掘る手やすめぬ具志堅隆松

荒崎浜に開いた小さいガマへ屈む追い詰められ斃れた父らへ

撃たれてか蘇鉄の実でか火炎放射か父の最期は思いみがたし

辺野古普天間嘉手納高江《たかえ》。オスプレイ戦闘用意を強いて基地あり

もう土に溶かされてしまったか七十五年沖縄大地に眠れる遺骨は

全戦没者遺骨ＤＮＡ鑑定制度成る

平成二十九年九月七日

ようやっと全戦没者遺骨ＤＮＡ鑑定制度の成りたるよ　親父

ペリリュー島慰霊訪問時からだ国の動いた全遺骨鑑定制度化へ[*]

＊平成二十七年、すめらき

渋抜き柿好みて下戸と母の言う父の嗜好をわたしが継いだ

言霊の霊《だま》は想うに憑《つ》くのなら想うわたしは親父の塚だ

砲弾の破片（らしいが）くい込んだ頭骨《とう》出づこのように死んだか父は

すめらきの慰霊訪問ペリリュー島遺骨調査団派遣　沖縄は如何に

渾身に岩田が護った九条の戦後はずっとこのままにあれな

ゴーヤー

＊
荒崎の海岸自生《じばえ》ひめゆりの意志強き白すっくと立ちて

＊ひめゆり自決の碑が建つ

ひめゆりの小さな自決碑荒崎浜日本軍全滅の海を見つめて

手榴弾に頭《ず》を寄せ合ったひめゆりは荒崎海岸まで逃れきて

太陽の育てたゴーヤーむっちりの肉厚は遺骨掘る私のパワー

ハイビスカス愉しげに歩く那覇の街雨に任せて傘はささない

生乾きの下着を穿いているようだ安保法制強行採決

蟇蛙もわっと岩の下にいてなんだよまだ眠いのにってギョロ！

砂礫払い指の骨だと確かめて喜屋武岬にチョイヨーイチョイヨーイ

不発弾、遺骨この地はいずこも抱きその上の暮らし日本の沖縄

二章　二〇一二（平成二十四）年

しかたなかりし

菜の花の咲き初《そ》めました和田浦のしかたなかりしあなたの香り

蒼人草千人《ちたり》を屠《と》らば千人産む史前も史後もかく虐殺死

ハダカデバネズミは癌を退けるその細胞復元力オキナワにある

にんげんを轢いた線路を事なげに通過してゆく電車に坐《い》るなり

三陸沖下りきたりて売れのこる秋刀魚太りて青輝《て》るあわれ

おひとりさまの老後を独りは考えぬ命はいのちの膂力にまかせ

雪はもう吉事《よごと》ではなく都市はほんの少しで機能不全なりけり

カプリチョス・ゴヤ

冷酷なヒトの憎悪の深さ剔りゴヤ展ひどく疲れさせられ

人は人にとって狼*戦争に戦争を養いしむるナポレオン

*プラウトゥス

マドリード女子どもも参加した市街戦ゲリラの語源ゲリーヤク

うっすらの笑みの「着衣のマハ」いくさに殺し続ける人らへ嘲り

食べて吐きニンゲンを食べて吐き続け歴史は何時も「戦争は怪物」

二十人子を生ませられ生育は一人ゴヤの妻ファーリアの哀しみ

ずだずだに刻まれたその細部から甦生するなりヤマトヒメミミズは

人山海山

糸ぐるま廻れ陽ぬくき民家園養われたる祖母の縁側

芹なずな七草母のすこやかに在《いま》せりお粥の小豆の照りは

ケータイの呼び出し音の執拗に人山海山の車内に続く

草木は代々《よよ》の旅びと鳥や蝶風に搬ばれ落ちた地を生く

ものの芽のみないっせいにいきおいて木草の裡なる力あらわる

ピュリツァー賞

「安全への逃避」子を抱きメコン川そこに焦点ピュリツァー賞

沢田教一

殺すこと殺されることに疲れはて「雨中に泥睡」兵士の一枚

幼子の餓死待っているハゲコウワシにもピント絞れるこの写真家も

兵士体験いつしか現在の右傾化の怖れに繋ぐ岩田正謝辞

「万葉九条の会」

復帰したかったか沖縄。四十年目向背常のオスプレイ配備

みな誰も無口にちりぢり別れあう通夜なり若き死者の辛さに

佐々木実之二首

人はみな途上の死なり蛇蛇《いい》いいのこころこの世に本を遺して

繭ごもり袖迷《まゆ》うなる乱れれば今年のクレソンうれしくて摘む

醜音

言うまでもなく烏滸《おこ》である再稼働の灯りに林檎を食べ続くるは
カレイなるおとろえなるよまなこに飛蚊、膝、股関節鵯《ひよ》の醜音《ひこなき》

環流ゴミ、ガレキと呼んで累積《るいじゃく》の暮らしの指紋消してしまえる

それありか他人《ひと》の国土を七色に分けてオスプレイ訓練区域

オスプレイまるで手活けの花として基地日本を使役している

『棺一基』*として囚わる「狼」*の余《よ》殃《おう》映せる言葉伸び縮む

*大道寺将司全句集　*属した組織

棺一基と一身をなし「狼」の処刑死待てる句を力とし

菊地直子（櫻井千鶴子）隠れてた十七年間都市は人棄て密林

どんな介護士だったサリン造ったその白き手をもて菊地直子は

床下は水の大陸パンタナル*千葉沖激震地鳴動している

＊アマゾンの大湿原

まるで勝手領土のようにワシントン*の母港オスプレイ演習地化だ

＊原子力空母

深深呼吸

眼ヨガは温《ぬく》めたる両手押し当ててそのまま十回深《しん》深呼吸

あかんべぇしては十秒息を吸い吐きて十秒またアカンベェ

眼窩つよく指に押しては息を吐き吸う眼球のふっとあたたか

陽当たりの縁側むかし祖父母たちお茶に眼温む、ヨガだったのか

肺腑深く息吸い眼ヨガその肺腑空《から》とするまで蜿蜿《えんえん》と吐き

高齢者なんだよお前は心めの身のおとろえに従いたがらぬ

三章　二〇一三（平成二十五）年

野嵩ゲート

冬の芽の光れる枇杷を仰ぎけり不穏の時代を選《え》りたるはわれら

いつ来ても礎《いしじ》の父の名清潔に御霊に篤し沖縄人《びと》は

糸満市平和の碑

日本人警官立哨野嵩《のだけ》ゲートオスプレイ抗議に口引き結び

憲法も民意も日米安保の前には無力。無力は座り込む

合衆国法により「立ち入るな」のプレート米国なのか普天間は

曇り空垂れてシナ海むっつりともう沖縄戦を語らぬうねり

ヤギひつじ牛うま

虎河豚は四六時中の水槽に草臥れでんぐりがえり泳ぎす

ただ凝っとまなこをひらき月光の朴のこずえの木菟賢者

動けなくなったら死ぬるけものらのいさぎよさはいい独りものには

群れて生きみんな草食ヤギひつじ牛うまけっこう意地悪平和主義

臀筋《でんきん》の痛みはじめた限界だ朝ウォーキング身体《からだ》のことば

霜深き田んぼ籾殻焼く煙り風戯《そば》えして朝陽にふくらむ

巳の六度目

もとより巣などは持たないくちなわの自儘暮らしの六度目《ろくたび》なる

鼠飲み梁を落ちくる青大将も暮らしのうからやからなりけり

俺、こんなもんだ一本乗り遅れつぎつぎ最終出たあとの駅

成瀬有サンチョ・パンサよ穏やかな棺の顔におい！怒鳴りたくなった

成瀬有〈平成二十四年十一月十八日〉

目覚めたりまた一日を人間するに傯れた茨木のり子のブルー

沖縄はいずこも慰霊碑しっかりとシーサーはそこに眼を据えて

金芝河

六十年の再審請求通らざる坂本清馬*氏逝きたまいたる

*大逆事件の生存者・昭和五十年逝去

「五賊*」その苛烈諷刺詩貪りき金芝河《キムジハ》三十九年その時間の嵩

昭和四十五年、*財閥・国会議員・高級官僚・将軍・長官次官ら

窓ぎわにコーヒー冷めて思い坐《い》る三十九年目無罪の無惨

一月四日金芝河無罪判決

どの星にもひきつけられず太陽系外《がい》へ抜け出た荒魂《あらたま》ボイジャー

太陽系惑星外を航《ゆ》くボイジャー暗黒のひとり旅をしてみたい

高価

臼を碾く響きからだに聞いてきた養育をされていた日々《にちにち》を

どう押せば甘沼あふるる水源かあなたの地図は知りたいものを

人間のこどもは高価頸に茅《かや》挿して市場に立たせておくは
だんだんに視野茫漠の散瞳の迷い抹香鯨椅子に坐るなり

方代の酒

いつのまに呑みほしたのか方代の薬草入りの三十年古酒

方代の鎌倉山に摘みきたるくさぐさ薬草酒惜しくも尽きた

なにかこう力感湧けるひと口の方代野草酒濁りのふかさ

方代の野草酒ひと口ひと口の小中小野秋山成瀬筑波

うっちゃる

まだ参ってたまるか眼光炯々の歌を詠み読む岩田正は

「万葉九条の会」の中心その痩軀をこぼるる意志の力は

じりじりと死を押し返す痩身の押す力みなぎる眼光にある

この人を九条廃止の憂き目には遭わせてはならぬ文化の力に

しにがみをうち伏す膂力痩身の胆にふかぶか溜めているらん

渾身のつっ張り死神突きだせる九条守るかいな力に

四章　二〇一四（平成二十六）年

形象

「人生はただただはむれの形象に過ぎない」*古稀まで生きて分かった

*森鷗外長男於菟

マンデラの死。その日日本に差別化の秘密法ついに成立許した

アメリカの財布日本という論へ賛意しみみにアーサー・ビナード

ばったりと行きだおれたら放っといて助けられたらそこからおおごと

いずれどちらか孤りになるのだはじめから独りというのもありだろう

孤りとなるまでの愉しさ知らないな独りもありだなんて莫迦お前

ナンカレー飛び切り辛くホーチミン、グエン・ザップへ旅《たび》行きにけり

冬瓜汁祖母の匂いのする湯気のしばしを朝餉に正座するなり

糸遊《フェイスー》のきらら秋晴れ蜘蛛たちの恋の渡りのはろばろしけり

ようなき

武蔵から総《ふさ》へと下《くだ》り身はようなき孤島のような暮らしなりけり

貧しきは貪られつつ人棄ての都市にようなき身とはなりける

りんご富士蜜たっぷりの勁烈《けいれつ》な北の風土の割れば光れる

海の鏡

薄めたから良いって放射能汚染水海はわれらを映せる鏡*

* 『悪の華』三首

大浦湾ふくしま沖の静かなる海鏡《かいきょう》ヒトの仕打ち映して

海は母胎なれば高濃度放射能汚染水流し処理はお願いします

被爆さえ汚染水さえ再稼働さえわれら*は馴れて慣らされ忘る

*ドストエフスキー

ふたたびを汽車*の来るのを待っている時代となすか解釈改憲

*石原吉郎「葬式列車」

七歳海月《みづき》大人になるまで標的の村*か高江《たかえ》ミサゴ訓練用パイプ櫓

ちちははのつかれたらわたし引きつぐと海月七歳高江に闘う*

*映画「標的の村」三上智恵監督

普天間基地包囲の人ら鎖なす戦争を体にしる老いを先頭に

カンパわずか置いて立ち去る高江基地監視テント小屋旅人われは

先住民ジュゴンにも問え辺野古湾埋め立て基地を作るというなら

三年目

三・一一・飯岡浜から十四人攫われた

屋根の上《へ》に叫び攫われゆくビデオ見入る魂《たま》にぶき生きものわれは

すぎてゆく時間は仇《かたき》その砂谷《いさご》被災の惨を紛れゆかせて

三年を過ぎなお仮設暮らしなる飯岡海岸線全滅家跡の砂

忍ぶ捩摺

金芝河《キムジハ》の「五賊」へはるか連帯の届かぬエールを送った青春

オスプレイ自由に訓練させている阿Qなのだなわれら大和人《やまとんちゅう》

なかなかに睡りの来ない真夜中の着かない列車を待つ駅の闇

いつも同じところに咲いてはくれないね捩じりもじずり風媒の花

アーモンド

アーモンド炒りたての香のふっとくる九条護れのデモに並べば
足降ろす地を亜細亜から失ってもイクサの助っ人買ってでるのか

秘密はつね人の油断の音のせぬ真夜中いっきに法制と化《な》すなり

そこにない危機煽りたて武器三原則破棄しいくさ体制ととのえてゆく

ぐいぐいと明治的国家像せり上がらせ富国強兵軍事費の増

プラスチックスープ

プラスチックスープと海を汚しては文明ぐらしをしているわれら
海に溶けぬプラスチックスープほがらほがらかくわれらの文明生活

頭《ず》のなかの合切袋へこのところとみにお隠れ人名書名

雪室《むろ》に眠っていたる紅玉のみずみずと母の好みし蜜の照り

イクサする国視て焉《お》わるか開戦の年の生まれの七十二歳

隣り合うウツボの水槽に脱走し喰われた蛸のマヌケはオレだ

想うとは力なれせめてひめゆりの飯上《めしあげ》*の道木漏れ日の中

*ひめゆりたちの命をかけて通った

もうすでに本に拉がれ身動ぎのできない茸の暮らしになってる

五章　二〇一五（平成二十七）年

たんぽぽいくさ

たんぽぽの穂綿もみんな飛び立って夏の陽いまに癒えぬ心筋

かんとうとせいようややにせいようの押し気味東金たんぽぽいくさ

国民の平穏守れる貌をしてそういつだって戦争はくる

秘密法緊急事態条項を渡り戦争だけが待っている岸

器

わたくしはたったひとりのわたくしを容れてきただけの器にすぎない
破滅してしまえばよかったあいつとのはげしいときを永らえて　莫迦

朽ちるまでこのままこうして吹きたまり坐《い》るひと片の落葉アプシュルド

おのれ蛇蛇いい

住み替うる生《よ》の草の戸の九十九里遠潮騒のしきりなる夜半

そこへまた帰るか秘密保護法のいつまで国家のマン・イーターは

樹にも好き嫌いはありてわが庭に柿は根づかぬ姫林檎ふすふす

老衰死赤いナポレオン百二歳。＊枯葉剤禍のディエンビエンフーを勝ち

＊ボー・グエン・ザップ

国家の骨子

糖尿病たぶん知らざる開高健比類なきグルメかつグルマンの

強行の辺野古埋め立て三本櫓《やぐら》いつでも国家の骨子は暴力

いまも和服の写真に笑まう開高健マジェスティックホテル１０３号

すめらきに戦争責任は無い、ではこの『実録』像っていったいだれの

頭むね胴の両側脚の先に原発ありて心臓部にはない

祈りのために

また我ら遇うのか〈赤く青く黄いろく黒く戦死〉*させらるる死に

*赤く青く黄いろく黒く戦死せり　白泉

しょせん藁だ。*長谷部恭男は砂川判決持ち出す政府をひと蹴にせる

〈集団的自衛権は違憲〉と証言

イージス艦索敵技術開発の優れもの＊米軍へ移設核兵器もそうなる

＊武器輸出三原則なし崩し「移設」と言う

戦争法許せぬなれど強行採決この＊議員《ちんぴら》らを選んだのはわれら

＊岩田正

〈自衛隊〉ではなく〈軍〉と呼ぶ時のアジア人の恐怖しみみに思え

生産に娯楽消費に員数外七十歳すぎて生きるというは

ニトロ錠風呂場トイレにポーチにも晩年母の子らより強い味方

雨防ぎ

雨防《あまふせ》ぎこうもり三本立てかけて久安橋ベンチのホームレス氏

戦場と戦場の合い間に開高健素蛾《トーガ》＊に溺るるその美《は》しき闇

＊小説『輝ける闇』

言いあてているけどきわめて感じ悪い下流老人というマスコミ語

おおみみず紫色ののたうてる*胸脛《むねすね》腕にもちて春越え

*心筋梗塞術痕

「七人の侍」の主役みな没しわけても神速抜き打ち宮口精二

いかだ危機

ソ連邦崩壊ののちコヒマルを逃れるいかだ地獄の道へ

キューバの港町

そうなのかイズムではなく食べられる道なのかキューバ米国国交再開？

コヒマルを脱出三万五千人マイアミ・ターミナル先のいかだ危機

マイアミまで百七キロの脱出口いかだにいのち託してキューバ人

三万五千脱出し二万人沈んだか暖かい海のいかだの地獄

ヘミングウェイ生きてたらどう書いた脱出経路マイアミ・ターミナル

砂礫　――ガマフヤー

敗戦後七十年。BS日テレの取材を受ける。二〇一五年六月十五日。放送は六月二十一日のちにインターネットに配信。読売新聞小田克郎記者からインタビューを受ける。五月十四日夕刊。

獰猛な緑荒崎海岸へ降りる路両脇から這い巻き絞めて

遺骨此処にいるな匂うなガマフヤー三十五年の具志堅隆松氏

気をつけて蛙のいたらハブにそのカエルちょこんと粗葉の上に

まあ昼はほとんど心配はない波布は夜行性そのほとんどは怖い

ジュゴンです亀です辺野古へ海藻を食べに来ましたニライカナイから

小蝿来る砂礫掘る手に首の辺に遺骨の血肉吸いたる裔の

もしかして掘りそこなったのではないか岩石片寄せ砂礫を掬い

ネムリユスリカ

印鑑を抱いてた遺骨*七十年ぶり九十九歳の妻へと帰った

*発掘され遺族の元へ戻れた遺骨はまだ四体

腹ばいてガマを掘るなり喜屋武岬まだ待っていて親父の骨は

二十年の涸らびから醒むる水あればネムリユスリカの命を遺骨へ

荒崎の海岸小さなガマゆ出づる誰の肋骨喉仏飯盒薬莢

憑依せよオレに親父よまだ喜屋武岬に骨とし埋もれいるなら

戦闘命令取り消さず牛島、長二人自決。兵士は糸満ジャングルを転戦したようだ。沖縄の終戦締結は九月七日

喜屋武《きやん》岬此処だろうなあ戦死広報《こうほう》に記されていた親父の遺骨は

奈落まで捜して父に届かざらん七十年も放置してきた

ひと浚いしては砂礫に混じる片《へん》ただの木切れも遺骨にみえて

この大地の遺骨捜さんまるで藁の希《のぞみ》なれども連れ帰れるまで

大ぶりの琉球朝顔濃い青のシーサーの赤い屋根にかがやく

蝿を打つ気軽さヒトのコロさるるそんな時代の隣りに生きてる

水鶏

壊したら二度と元にはもどせないわが心筋も九条二項も

ああどんな色、感触か見たかったバイパス処置をしていたときに

沖縄の母樹なるガジュマルその洞をキジムナーすでに引っ越ししたか

戦争と食えるのリンクはみずからの手足命を担保となして

水漬くかばね喉元までをぎゅう詰めに戦争の鮫*の悪食は熄《や》む

*金子光晴

病衣

心筋梗塞（平成二十七年十月十六日手術・千葉メディカルセンター、のち慶應大学病院にてステントの処置）

レンタルの病衣のうすいみどり色着替えしばらくは横にたてる木

ステントの手術の白い台のうえ干された生イカとなり待っている

ガジュマルの喜屋武岬の根の伸びきて私に触れる遺骨掘りに来よ

先陣のヌーを贄とし其の背踏みワニの川九条なくすわれらは

セレゲンティ越えてマラ川ヌーはワニの待つを知り渡る命ひしめき

たまいたる蚊よけの匂い袋下げ入院荷物とととのえにけり

きみの肉《しし》たれのたましいにも架からずにわたしの中に朽ちる木橋

泰山木盛りの白に見送られ*ステント処置入院予約して帰る

*二度・慶應大学病院

毀傷するのに

覆い来る霧のなかから〈軍〉*というか黒砂嘴をまた射しこまれ

*アメリカ軍との合同訓練

電車の腹スト権奪還ストと大書してかの日力ありき千葉動労は

スト権奪還ストの大書の消え日本の労組はまことだらしなくなり

おれはまだ生きてる電機大学前過ぎる羅利骨灰の成瀬有

人間をみんな苦手になってきた犬語猫語鳥語に依りあう

六章　二〇一六（平成二十八）年

母よ、乳母車押せ　――若菜摘む春の歌

惚《ほ》けている？　いくたび問いし母のその不安の汀《みぎわ》怖かったんだ

母よ来て乳母車押せ心筋の術後を養う春のわたしの*

*三好達治

茅花かや穂孕みふっくら陽に伸びてうれしかりけり若菜つむ春

梅の園道にくずるる霜柱むかしのひとのひとひら紅梅

利根川のあふるる胸分け*雪解水《ゆきげみず》の力たまえな甦生のいのちへ

＊吉野　弘

ようようにからだの底に沼《ぬ》縄《なわ》生《お》う心筋バイパス術後半年

早咲きもおそきも咲いてさくら花死は負けならんこの世のことは

かぐわしく照れるわか葉の千年楠《たぶ》府馬の樹霊に洗われにきた

甦生してまた行く親父の喜屋武岬七十年の遺骨の眠りへ

上総野は稚《わか》みどり陽に弾けいる東京へ朝の車窓に凭《よ》れば

風の馬

娯字と書きたのしく誤字をあそんでる吉野弘の形而上的ユーモア

少しずつこの世を外《そ》れてゆくのかな心筋術後遺骨掘りにゆけぬ

天井を風の馬《ルンタ》*走れるＩＣＵ麻酔醒めつつこの世かここは

*チベットのお経を書いた布

今日もわれは椎の古びた切り株として日溜まりに憩っています

真空も絶対零度も乾眠《かんみん》し生きぬくクマムシ*不逞老人われ

*早川いくを著『へんな生きものへんな生きざま』

＊サンチャゴよわが老漁師力つきるまで戦争法の鮫と闘う

＊『老人と海』

九条を寄って集《たか》って喰いちぎりかじきまぐろとなすつもりなのか

あわわわっと思うひまなく素裸に鼠蹊部剃毛カテーテル挿入

術後再起動しない心臓は一、二パーセント執刀医の口調さり気なし

術後そろり降ろす一歩のベッドのわき奈落のとめどないけ遠さ

予後の日のほつほつリハビリ歩行なる体の言葉に耳を傾け

＊149883を脱ぎ健常者のがわへそろりと一歩

＊入院患者番号腕輪

朽方精さん

後ろから射貫かれていた鉄カブト砂礫を払う陽ざしの射出孔

頭骨と掘り出されたる万年筆名の朽方精は房総の人

つくづくとトンマだニッポン東京大空襲指揮官ルメイに勲章与えて

陽当たれるお墓の墓場平積みのこんなふうに消える一生も一世

人の足音聞いて野菜も育つなりことさら茄子は散水を待ち

平和には終わりのありて七十年目われらが終わらすか詮ないものを

体のことば

生あくびばかり出ているお疲れの体のことばなんですそれは

タンカンの届く　忘れずいてくれた友らのうれしき香りを食める

電力に余力ありしを虚喝して原子力ムラのための再稼働

ロブ・ノール消滅させた沙の力今夜わたしの体被える

瘡蓋はムリに剝がすな傷口の感染症予防の優しいガーゼ

ラーメンライスぷらす焼き飯ほればれとニッカボッカズの食欲なりき

食味紀行

あんこうの季節なりけり飯岡港鍋をほにほに食べにゆきたい

食べたいなあ高知黒潮みそこぶり*夏来る旨《うま》か味ニンニクに

*鰹と味噌とニンニク

ものの味もどらぬ術後ふた月目黄泉戸喫《へぐい》のよう珈琲カサブランカ

嘴《はし》につつき羽に撃ちあい巣をめぐる鴨合戦はもんどりうって

戸袋からもんどりうって落ち鴨の巣場所諍い人目怖れぬ

ベトナムの枯葉剤《エージェントオレンジ》作戦壊れたる蛇口のように暮らしていたな

いんたいをきぼうのおことばなら叶えたらぜひその制度もいっしょに

根粒菌無数にそなえ豆類は疲れた大地を鋤きかえし稔る

みずからの土壌を耕し大豆類おのずと稔らするその根粒菌

十万年

十万年のちの子孫に放射能廃棄物処理丸なげとする

湯船から身みずからをひき出せぬ母の嘆きの七十五歳に近し

渇水の運河の底の泥のようにステント術後朝うっとうしさ

冬海の鳴るさみしさのステントを挿れし軀《からだ》の底にあるなり

三椏の花

水たまり避けてとなりの泥んこにはまるパターンがしばしばあるな

霜ごとにくれない深むる寒椿成瀬有汝のいない冬なる

三椏の花の向こうの成瀬有三周忌新宿ビル街輪形彷徨す

志木駅を過ぎおもかげの成瀬有三年の過ぎていたりけるかな*

*ちりてのちおもかげにたつぼたん哉　蕪村

七章　二〇一七（平成二十九）年

犬吠埼に似た

九条のとびら参戦へこじ開けなば閉じるに千人《ちたり》の人草をまた

地の声を聴きわけおやじを探し出し犬吠埼へきっと連れ帰る

遺骨探し出されるを待ち喜屋武岬の大地に濾されれぬ永久のま白

那覇の街爽快なるかな私雨《わたしあめ》だれも濡れ放題に悠々なれば

辺野古へと横切る街の太陽雨《ていだーあみ》豪快に洗う嘉数高台過ぐ

犬吠埼によく似る喜屋武岬なり白い燈台なつかしんだか父

干戈の上の

派兵をし駆け付け警護請負って干戈の上の舞踏か明日は

蚕豆を剝くふくふくふく香りたち今宵ちかぢかと亡き母の息

繭となる蚕《こ》を養《か》うこともなく桑は立ち枯れしたりくねりあらわに

半世紀米の喉元の小骨を生きカストロ*は六百回仕置きを外した

*平成二十八年十一月二十五日没・九十歳

乾ききった糸瓜のようだ十五分歩くスタミナの回復はまだ

色づきて柿の実たわわ目に沁むる一年《ひととせ》生きたバイパス術後

手活けの花ではないのだよ日本のなかの米軍勝手自儘基地

日の丸へ敬礼をしてＰＫＯ南スーダンへ派兵されゆく

氷橋

氷橋《すがばし》は渡りきったかいまだしか心筋バイパス術後一年

パンドラの函からひょいと共謀罪旅の手品師のかばん内閣

水乾《ぼ》しの稲の必死に伸べる根の沖縄のその根を裏切りつづけ

あと少し遺骨を掘りに荒浜*へ行く快復まではあともう少し

*糸満市

療養の疲れのふかき日ソウルフード銚子沖産戻りの鰹

*左の脛夜はうずいて熱砂の上歩いてきたるラクダのようなる

*心筋梗塞の入れ替え血管二十センチ採る

風かたか

要石捨て石恥じるなくずっと沖縄を本土の＊風《かじ》かたかとなし

＊三上智恵著

ストーブを止めるはつかな灯油の残り香のようだった恋

後期高齢独り暮らしをご近所はひそひそひそと失火を怖れて

月イチの民生委員のご訪問安否と後期高齢者失火の注意

春の庭くねくねくねくねるはトカゲの尾猫の咥えて持ち去れるまで

出合いがしらの勢い失くしてしまってるやつに恋って降りてはこない

二十三回忌

いちまいの瀑布とひろがり春耕の田へおどりこむ水の体軀は

鳥の鳴くあずま旭の養鶏場六・二万羽インフル殺処分

新しくおろすジャケットひさかたの春や今年のヘリンボーン

卒塔婆は四人おのおの子らいまだ健在母の二十三回忌今日は

枯葉剤禍

ベトナム戦観察に現地へ開高健ダイオキシン汚染食命を縮めて

変若《おち》返る仙人掌の棘陽をはじき『残《のこん》の月』の大道寺将司獄死

ころも蟬しみ入る声の酔いごろり夕べ畳の居眠り法師

辺野古高江へわたくしを繫ぎとめている父の遺骨は沈下橋なり

残り世のせばまりいよよ切なきに流れ残りのわがきりぎりす

Ｊアラート

餌とぼしき東金山すそ共食いし山椒魚はしぶとく生き継ぐ

鶏はアジアの食肉土をほり餌はみずから探して育つ

台湾原種よつめじか殖え猿は乱交駆除に苦慮する房総グローバリズム

犬猫や大熊猫の出産に心深く人には関心うすく生きている

軍国の天皇制の八十年に民主主義の七十年は負けてたまるか

八章　二〇一八（平成三十）年

平成の三十年

上田三四二の葬儀は平成の始まりの閉じ目は岩田正追悼の一年

宮内省からの供物祭壇へ投げ置いた小役人めと成瀬と怒りあった

渡りきる途中に切れてしまう橋そんな感じの平成三十年

まるで実感うすいな平成三十年四十七歳の男盛りからだったが

平成の終わり私の喜寿の生《よ》のよろめきながら始まりにけり

人名集（一）

ジャケット姿見ざりし小中英之の紺ジャンパーの人生時間

枯葉剤Ｂ52も武将軍のクチトンネルは超えられなかった

米仏中に勝ちたるザップ将軍の百二歳老衰死立派なり

岩田先生囲んで「千草」の清見左海その真ん中の髪長《かみなが》寺戸

そうなんでしょうかと異論の口をつく頃は酔いの深みに眼を据えて

フリーランス生きて焼酎に心濯ぎさっさっとおさらばした莫迦寺戸

失恋の疵を抱えて成瀬有東金の夜の鰹を食べ余し

まだ荒川鉄橋上を撤退せぬ『残の月《のこん》』の大道寺将司

開墾地春の光の滑走路成田は廃港と闘った唐牛健太郎

おぼおぼの

ひしめきて愛想なきなり枇杷の花尼顔《あまがお》に春の雪を脱ぐなり

寒暑お構いなく並ばせる偉そうなカーネルサンダースラーメン二郎

ワックスの照れるリンゴの手触りのつるっつるっ療養三年目の鬱

白内障おぼおぼの視野を生きてた母の「年とったらおめえにも分かるべえ」

ああいやだ七十数年営《や》ってきた琥珀の中の古代蜻蛉を

疳の虫のくすりと蓑虫裂き煎じてくれたる祖母よじつに苦かった

人名集（二）

限定的核爆弾使用「理解できる」トランプの尻馬被爆国の莫迦太郎

腹だたしひろひと実録三百十万戦没のいのちをどう考えていた

ついに無罪勝ち取る金芝河《キムジハ》三十九年。再審請求成らざりし坂本清馬

百三歳ゲッベルス秘書独白に「私はしらなかった」というか我らも

映画「ゲッベルスと私」

ファッシズム心底怖れ『抵抗的無抵抗の系譜』を書いた岩田正は

四六時中なに悲しくて酔いどれ船だったか左海正美よお主は
そうなんだ死んでしまえば思い出に澄むしかないのだざまねえな

悼、岩田正先生（一）

ふかぶかとお休みくださいいまはもう歌に出て歌に死にたりし九十三歳

平成二十九年十一月三日没

ああついの訣れなりしよ岩田先生まことにながくお世話をかけました

たいせつに憲法守るを語り続けその公布日に力尽きたり

四十周年がんばるよと死の二日前電話の声は力ありしを

＊「かりん」創刊

珍しく電話切らせぬ会話なりつい甘え疲れさせた十一月一日

四十五日百ケ日なんて知らないな悲しいことは思いださない

最後につくってくれてキーマーカレー不味かったと嗤わせながら愛《いっ》くしむ

馬場先生二首

蓋をされたみ柩抱いてさようならのささやく声はずしり胸を衝く

死を覗く「われの焉り＊」を知りたいと歌人魂は死を超えてゆく

＊息とまればわれはあらざりそのわれの焉り知りたし息なきわれを（『柿生坂』）

『岩田正の歌』の刊行間に合ってよかった、なれど生きていてほしかった

新百合ヶ丘乗り換え柿生この駅に降りて岩田先生に逢うならなくに

白い歯

白い歯のなまなましかり下顎の喜屋武岬をガマから掘り出され

腐葉土と気根と湿気からまりてジャングルは蒸す雨は上がりて

両腿のこわばる半日遺骨掘り滑り易くて雨の糸満ジャングル

向こうから道越えゲート前に座るカメジロー米軍の怖れた漢《おとこ》

地球から百八十億キロボイジャー2それよりも遠い沖縄基地廃止

そうなのか七割反対の民意無視し埋め立てをすぐに再開するのか

みな老いのおじいおばあら不屈なり排除されゲート前へすぐまた座る

生活感情

反基地は生活感情一日じゅう休む間のなき爆音下の暮らしは

亡きのちに善人像のたちあがるおやおやおやの樹木希林さん

たんぽぽの穂綿の飛び立ちゆきにけりそろそろ私も準備に入るか

沖縄地上戦千葉県戦死者朽方精ただひとり遺骨掘り出された人

平成三十一年いすみ市のお墓へお参り

ふるさとへ還れた遺骨はまだ四体そのなかに私の親父はいない

雨上がり湿気のふかさ糸満のジャングルに遺骨掘る手の滑る
滑る捉わる噎せるジャングルの腐葉土にこもれる遺骨の情念

悼、岩田正先生（二）　――えんぴつ

罷るとしつくづく見あぐこれよりは馬場先生独りとなる家の灯《ひ》

気配まだいずこにもあるリビングに机上の削り揃えたえんぴつに

穂先まできれいに削り揃えたるえんぴつはなお待てるあるじを

万葉九条守れる岩田も「アベ政治を許さない」秩父の狼もいない

天津《あまつ》ここの波間に溺れ浮きしずむ岩田正のあたまの見えて

岩田正の愛した上総十二社の神輿東浪見《とらみ》の波にわけ入る

くすくす嗤いもれる偲べる会なれど岩田を偲ぶ会はかなしい

セザンヌのトイレ

人の声遠くかすけく風邪熱のまた上りきて夕かたまけり

風邪ひきのひとりおでんの卓上の辛子たっぷり塗りすぎてしまう

ぼんやりとしていたあそこ水際だ乗り換え駅に乗り換え損なった

セザンヌのトイレ出づればすうすうと岩田正の居ないこの世だ

風の子とわらいあっけらかんとかくおとめの性は商品今も

両手にもち肩から背に負い年寄りはなんでこんなに荷物のおおい

*ずくなしよひたすらおのが穴のなか*こけらこけらと見まわしいるは

*肝、根性　*きょろきょろ

九章　二〇一九（令和元）年①

駅の子風の子

人生の白兵戦はここからなれはるかだった喜寿へ届いてしまって

「赤い橋」*渡って還らざる彼ら駅の子風の子戦災孤児の子

*浅川マキ

駅の子ら風の子らみな知と体力ひとえに頼み生き凌いできた*

*敗戦後駅舎通路がねぐらだった

国盛り山河廃れてひと心物の豊かさにかなしく寄れる

改竄する忖度させる言い逃れる死に籠り国家となりてゆくかも*

*モリカケ桜を見る会

執拗な九条改悪の企みにはしつこくしつこく対抗すると岩田は

キョンよキョンジビエとなるため房総の山に繁殖したのではない

台湾原産四つ目鹿

三頁に

*三頁に収まってしまった人生の九十三歳をつくづくながむ

*「かりん」岩田正追悼年譜

マイマイを小松菜に育て馬場あき子ついに扁舟《こぶね》となってしまえり

「偲ぶ会」*へ改札出づる中野駅おんな太鼓衆の見送れるとどろき

*平成三十年十月六日　中野サンプラザ

会場のいつもの席に端然と背筋をのばす岩田在《あ》れ「万葉九条の会」

鴨よ鴨麻生川に浮くきみたちを愛した岩田亡きのちの一年

古来からのやまとの貌に泡立ち草芒に今年も勝ち多摩川の土手

泡立ち草とすすきといつしか共存し白穂と黄穂のそよぎあうなり

また睡りながしてうだらうだらと開いては閉じ『海鳴りの底から』*

*堀田善衛

抹茶アイス

抹茶アイス食べておりたり草萌えの夕陽に一万歩あるいて来ては

かろーとそんなさみしく寒い処へは収めないわたしと暮らす岩田は

まだどこかにかくれんぼしている気配あり岩田のいない一年の過ぎ

鍋づるとも俎《まな》づるともいうたぶん旨かったのだろう冬の夜の鍋

台風の余波の運べる流木の虫食いは離郷した日からのわたし

茶毒蛾に裸にされた寒椿五十公野つばき立ち直れ島津エミ

紅旗征戎吾事ニ非ズ

*紅旗征戎吾事ニ非ズ《せんそうなんてしったことか》と嘯いて居ようささらほさらの時代だ

*堀田善衛訳

手矢はまだ手元にあるがひょいと投げいまさらどんな胸がほしいのか

だんだんと老小古錐《ろうしょうこすい》へと落ちてゆく雨虎《あめふらし》潮だまりに坐《い》るだけの

キリストの名において原爆投下《イン・ザ・ネーム・オブ・ジーザス・クライシス》してきたれ。テニアン島の従軍牧師は

そんなにとおい日ではないかな橋の下の昏い水として流れてゆくのは

万年筆

名を刻んだ万年筆のよくもまあ六十年遺骨を離れなかったな

頭骨と身元を証す名入り万年筆杤方精は真嘉比の守備隊

乾草沼

塩辛トンボの尾を朱に塗って鬼やんま騙して釣った少年の乾草沼《ひぐさぬま》

いっときも油断をしない眼差しのツシマヤマネコ耳のぴくぴく

視力なお聴力五感のアンテナの休めばいのちの終わりツシマヤマネコ

時間のある人は辺野古へ　お足に余裕のあるひとはカンパをどうぞ

べ平連・「ニーヨークタイムズ」宣伝を借りて

ニッポンの好かれるじじばばの役割もついにおわりとなれる平成

非正規の摑む藁さえなき雇用広げて景気浮揚図る時代

ニトロペン

箸一膳珈琲カップ鍋皿一個老いの一人の暮らしは簡便

すっと立てたことができなくなることのよくせきこれだ老いのはじまり

軍手というかなしき名前の手袋して父の遺骨を掘るとかがまる

ニトロペン含み鎮める心筋のしばししてけろりケロリに困惑

とっぱずれ　――犬吠埼

＊
とっぱずれなれど住みよく冬三度あたたかく夏は涼しい魚天国

＊ほととぎす銚子は國のとつぱづれ　古帳庵

たも編みに拘わるるとき泣いた翻車魚の涙痕見ゆる魚市場の三和土

河口港の銚子の漁獲日本一てんでんの凌ぎあいなのだけれど

板子一枚下は地獄を生きる処世獲ったかみたかよーいやさ

関東の肥沃耕土に水を配り坂東太郎は夏痩せしない

帰るより行ける思いの濃い故郷魚と醤油と突破ずれの街

足を下す余地まだあるが帰るべき処にあらず故郷は異郷

わわけさがれる

兵士たちの楯だった根の深い石動かし荒崎海岸釈迦力に掘る

ヘッドランプに浮かべるガマの岩角の嫐れし人らの貌にし見えて

荒崎浜小ガマ掘ると下りゆくひめゆり自決の碑に黙礼し

高等女学校の生徒らを動員し自決へと追いやった司令部むらむら憎い

雨合羽ジャングルに入りすぐに脱ぐ蒸さるるよりも濡れるほうがよい

求ム軍用地と基地反対の看板の並ぶ普天間蔦のわわけ下がれる

時に草を食べたい鰐の水底の渇きのようにジャングルを掘る

なにをしたら本土の我らは力になれるゲート前座り込み排除されつつ

滝

滝はたち崩れてたちて九十九里海嵐におもいっきり嬲られている

ケータイ充電に並んだ嵐のすぎ二日目断水停電情報孤立

沈没の舟からネズミは逃げるという船なのかネズミなのかわたしは

痩せサンマと岩田正を嘆かせたあれから三年今年もほっそり

対き

三年ぶり戦没者慰霊祭に連なれる「生きる」の相良倫子の詩の素晴らし

翁長知事痩せて口調のきっぱりと基地は造らせない安倍に対きいう

六月二十三日・慰霊祭

少年の夜なべにきいた秋の蚕《こ》の硬い桑を食む潮騒の音

まだだ

なにごともなかったような茜雲九条護《も》り人岩田は還らぬ

復《お》ち返り一度あるなら何時だろうつらつら岩田の元気だった時

ちょうどよい代替わりしたここいらで制度としゃっぽを脱いでしまえな

くたびれてシナ海をうつる夕陽見るどこまで掘れば親父にであう

あっ悪いきみを掘り出すつもりはないげじげじはまた埋め戻したり

掘り疲れそびらを驟雨の過ぎゆけりシナ海をまたぐ大虹生みて

うぐいすの大人の鳴き声降ってくるほれぼれと糸満ジャングルに聞く

ガマに分け入りながら暗く昏いこの場所に救いのあった人らよ

やわらかく手足つかまれ座り込みの方はこちらと投げ捨てられる

読谷の鉄の暴風の遺したるあらまし風の始末はまだだ

十章　二〇一九年（令和元）年②

母の牡蠣殻

牡蠣殻は雨水貯めおり元気だった母の新築祝いに持ちてくれたる

元気だった母は田間の建売り購入喜びて銚子牡蠣下げて

ていねいに一個一個を新聞に包み息させてもちくれた牡蠣

牡蠣殻は捨てざるこまかく粉砕しにわとりのエサに混ぜて与えた

剝いた殻は軒下におくむかしむかしにわとりの卵殻用の餌とした

三十年経つのかこの牡蠣ともに食べた母もはるかな死者となりけり

嵐の夜

令和元年九月15号十月19、20号の巨大台風

風速六十メートル吹きすぎた真夜中やれやれと冷えたカップラーメン

父と呼ぶことも呼ばるることもなく終わる一世の喜寿を過ぎ行く

緊急避難警報何度も出でし夜応えせぬ海鼠となって固まる

戸袋を住処としていた壁虎《とつけい》の台風続きの雨に何処へ隠れた

ツピィツピイ鳥の鳴きだしたあの日からわが遠耳の始まりだった

千年の血の関東肥沃耕土をひと目雨の流してしまった

漁記

囚人魚ネズミざかなと貶められ縞ホッケなれど開きは旨い

新鮮な鰹は割く取りする包丁の尖に黒潮の香をたてる

獲れたてのマイワシ指に三枚おろし若草の香をついっとたてて

金目鯛深海魚寒の厳しいほど美味に肉の締まる外川港基地

鍋物とするに皮はぐ馬面剝ぎ虎河豚には劣らない美味

胴体をま二つにされナマコらは肛門側からたちまちに再生

コロナ禍

来る冬のコロナ禍くぐり抜けられる幸運はまだ残っているか

うっとうしい暮らしいつまで距離《ディスタンス》三密マスク咎め咎められ

泡の花ときめき咲ける百日紅ソーシャルディスタンス知ったことか

いつの間にか大廉売の札の下アベノマスク情けない顔

自粛暮らしひたにこもりておそおそと膂力おとろえさせていたるよ

歩かない足首固まりすぐ躓く骨折したら自分損だぜ

侮っていたよ球根の膂力をコロナ禍なんのペチコート水仙芽吹く

やさしげに花を開いて色香に誘うはえ取り草のえげつない白

植物であって昆虫をエサとするジャングルすみれ可憐なジゴク

チベットの羊の乳を搾られるときの切ない声耳にある

避妊具の釣り

天才尺八奏者避妊具釣りの創始者の福田蘭童青木繁の息子

開高健避妊具釣りの秘伝をとアマゾン釣行前に手解きを求めた

煙管

犬食いとなると煙管の唸ってきた髭白き囲炉裏端の祖父

羊羹は端を食べたいと筋張って怖かったなあ祖父の煙管は

ときにキセルときにゲンコツ父親のない養いっ子の躾はきびしく

冬ごとのアカギレ薬軟膏の焼き溶かし祖母の手荒かったな

父親の戦死の孫だからきっちりと煙管の躾だったよ祖父の

恋文

恋人のアドレス探している蝶の羽音のようだ琉球ことば

母親とケータイに話す具志堅さん琉球言葉は蝶を舞わせて

さはさはと具志堅さんの琉球ことば春の泉の湧く音させて

言葉とは風土なのだなやわらかな琉球語会話は甘えているようだ

ゴーヤーのくらい緑のいぼいぼは琉球からの沖縄の潜熱

辺野古ゲート前

手足肩むんずっと摑まるゲート前わじわじわじのちむりぐさー

古傘の骨の思いの辺野古湾——土砂満載のトラック過ぎに過ぎ行く

座り込むゲート前の数メートル先エンジン吹かし脅す土砂トラック

大浦湾七・七万本の砂杭は沖縄のマブイを生き埋めにできない

警棒も楯も長靴《ちようか》も装備しないながら圧倒的体格《がたい》のゲート前

濃紺の制服の若者に排除さるここにはおらざる一人の筑波杏明

言葉ほどやさしくはないおもいっきり腕肩捩じあげられ排除さる

ああやっぱり焼け落ちたのだ首里城の朱の瓦屋根駅から見えぬ

沖縄人の憤怒なんだよ首里城の焼けたのはと池澤夏樹の論

握り拳ほどのヤドカリ荒崎浜から鋏あげ禍々しく上がってきたる

沖縄にて　——遺骨を捜す

あと少し遺骨捜しに行くためのわが体力に冬虫夏草

顔、におい記憶なければ夢に来ることもない親父の遺骨を尋ねる

湿気は深いながらも蚊には食われない不思議糸満ジャングルに一日

イモムシの真っ白くんを掘り出した動く遺骨かとおもったよやあ！

もそもそと掘る手元へと寄るヤドカリ遺骨の番をしてくれてたか

日は落ちて道なお遠くジャングルに捜しつかれて途方にくれて

見落としたのではないかな掘りながら怯えてガマへふたたび屈む

着古しのTシャツ縒れてガマを出る何の成果もなかった今日は

遺骨だけがこの世に在った父の証気合いをこめて捜し出だすぞ

草臥れて手抜きしたなあとひと鍬掘ればあったかもな遺骨は

石斧の重さの手足半日をジャングルに掘っていたる背中も

指先に腹に穴あく軍手洗うたんねんにジャングルのにおいの汚れ

クバの葉を被りて雨をやり過ごすジャングルの白い雨闇《あまやみ》のなか

七十五年見つからないけど遺骨なる親父は何の架橋だったか

二十センチ掘ると七十五年前のやわらかく戦火に遭わない表土が

あとがき

前歌集『漠底』に続く第六歌集です。前歌集から十年間の約五百五十首足らずを収めました。令和二年の作品を巻頭に以下はほぼ年代順構成しました。この期間、心筋梗塞を発症して手術しそれ以来片肺運転のような人生です。前歌集の終わりごろから、沖縄でずっと遺骨探しをしてくれているガマフヤー（ガマに遺骨を捜す人）具志堅隆松さんを平和祈念館から紹介していただき、ずっと遺骨探しの手ほどきを受けていました。親父の遺骨捜しの手ほどきを受けて一年に何回か沖縄に渡っていました。平成二十八年に心筋梗塞の手術をして一時中断のやむなきにいたりました。近年再開しようとしたときコロナウィルスと体調異変でしばしの休みとなっています。そこから歌集題を『捜してます』とつけました。父親は昭和十九年に召集され二十年七月に戦死しています。私が三歳となったばかりですから記憶も匂いもいっさいないのです。遺骨探しは、つまりそれは自分の根っこを捜している事と同じです。遺骨を捜して荒崎浜の小ガマや糸洲のガマ、喜屋武岬のジャングルに入りますと意外に深く植物の根の絡み合った場所であることを実感しました。

この期間病気も大きい出来事でしたが昭和三十年代から師事してきた岩田正先生のご逝去も大きいことでした。居なくなるということは露考えたことはありませんでしたから。平成十六年の「戦争法」の閣議決定という暴挙は一挙にこの国を戦争をする国としてしまいました。岩田先生はこうした状況を危ぶみ平成二十四年「万葉九条の会」をたちあげて以来、毎年講演と音楽の会を開催されてきました。亡くなられた平成二十九年、十月開催の会の日も、体調の良くないにもかかわらず初めから終演まで会場の椅子に端然と座り坐りつづけたことはわれわれスタッフに感動をもたらしました。その会からわずか二週間のちに身まかってしまうとは……

ウクライナへ自衛隊装備を援助するという。こんな形の戦争に巻き込まれることがあるのを岩田先生はどう見ているのだろうか。しかし今度の戦争は原子炉への攻撃とか核兵器使用とか人の生存を脅かすものではらはらしながら見ている日々です。

内閣が替わってより改憲の旗を強く振って、というよりかより露骨にコロナ禍、ウクライナの戦争に乗じて改憲しようとしています。「敵基地先制攻撃能力保持」など憲法九条があるにかかわらず暴論は大手をふっています。コロナ禍の現在「万葉九条の会」も活動休止を余儀なくされています。

いつも見守っていただいている馬場先生には、岩田先生ともども多大なご援助をいただきました。ありがとうございます。かりんの会仲間たちにもお礼を申しあげます。この歌集を作っていただいた角川「短歌」編集長矢野敦志さん、担当してくださった打田翼さん、装幀の岸顯樹郎さんにお礼を申し上げます。

令和四年六月

田村　広志

著者略歴

田村広志（たむら・ひろし）

昭和16年千葉県銚子市生まれ　國學院大學卒
「まひる野」を経て、昭和53年「かりん」に入会
編集委員を経て現在選者

著書
歌集『旅の方位図』『島山』『漠底』など5冊
田村広志文庫『窪田空穂の歌』（岩田正などと共著）、『岩田正の歌』

住所
〒283-0005
千葉県東金市田間2-56-6

歌集　捜《さが》してます

かりん叢書第402篇

2022（令和4）年9月10日　初版発行

著　者　田村広志
発行者　石川一郎
発　行　公益財団法人 角川文化振興財団
〒359-0023 埼玉県所沢市東所沢和田3-31-3
ところざわサクラタウン 角川武蔵野ミュージアム
電話 050-1742-0634
https://www.kadokawa-zaidan.or.jp/
発　売　株式会社 KADOKAWA
〒102-8177 東京都千代田区富士見2-13-3
電話 0570-002-301（ナビダイヤル）
https://www.kadokawa.co.jp/
印刷製本　中央精版印刷株式会社

 ISBN978-4-04-884491-8 C0092